AF473072

ADÉLAIDE
DE
MARIENDAL,

DRAME EN CINQ ACTES.

Prix 1 liv. 10 sols.

A PARIS.

Chez JEAN-FRANÇOIS BASTIEN, Libraire, rue du Petit-Lion, près de la nouvelle Comédie Françoise.

M. DCC. LXXXIII.

PERSONNAGES.

LE BARON } DE MARIENDAL.
LA BARONNE }

LE CHEVALIER, leur fils.

ADELAIDE, leur fille.

FRANKNER, Négociant ſous le nom de DUMOND.

DUPUIS, ami de Frankner, ſous le nom d'ANTOINE.

M. JÉROME, Concierge, &c.

La Scene ſe paſſe en Allemagne, dans un château appartenant au Baron.

ADÉLAIDE
DE MARIENDAL.

ACTE PREMIER.

SCENE PREMIERE.

LE BARON, M. JÉROME.

LE BARON.

M. Jérôme, il y a trente ans que vous avez ma confiance, c'eſt aujourd'hui que j'ai plus que jamais beſoin de votre zele. Allez prier ma femme & mes enfans de ſe rendre ici; delà vous irez chercher les deux jeunes gens que vous avez retenus au village pour mon ſervice, & me les amenerez. Allez. (*ſeul*) Il m'en coûte, mais il le faut. Le bonheur de ma famille, la tranquillité de mes jours, mon honneur, tout exige ce ſacrifice. Il eſt cruel de paſſer tout d'un coup du ſein des plaiſirs & du luxe dans l'obſcurité & la retraite ; mais j'ai de la fermeté, & je ſuis jaloux de ma gloire... Heureux encore, ſi je n'ai pas pris trop tard une réſolution néceſſaire.... On approche, c'eſt ma famille; montrons leur un viſage ſerein; & pour ne pas les alarmer, affectons à leurs yeux une tranquillité, que mon cœur eſt bien loin de ſentir.

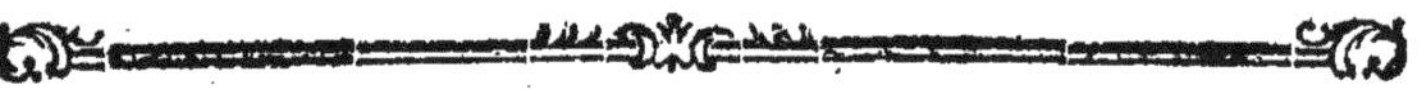

SCENE II.

LE BARON, LA BARONNE, LE CHEVALIER, ADÉLAIDE.

LE BARON.

MA femme, mes enfans, prenez place auprès de moi. (*Ils s'aſſeyent.*) Vous connoiſſez tous la nobleſſe de notre origine & l'ancienneté de notre maiſon. L'Allemagne en connoit peu d'auſſi illuſtres. Je crois vous avoir tranſmis avec mon ſang des ſentimens qui en ſont dignes. Si quelqu'un de vous oſoit jamais!... Mais je ſais vous connoître, & je vous rends juſtice; ainſi je ne vous déguiſerai pas plus long-temps notre ſituation, mes deſſeins, & les ſacrifices que j'attends & que j'exige de vous. Quand votre ayeul perdit la vie, je me trouvai héritier de plusieurs châteaux & de beaucoup de terres. Les uns presque ruinés sont sur le point de s'écrouler, & nous menacent de leurs débris. Pour les terres, la plupart incultes ou stériles, ne nous offrent que des titres inutiles & fastueux. Nos revenus nous suffisent à peine, depuis plus de dix ans nos dettes croissent en proportion du dépérissement de nos biens. Mon Banquier m'a retiré son crédit, quelques-uns de nos créanciers ont semblé prendre l'alarme. Si quelqu'un d'entre eux donnoit le signal, tout seroit perdu : j'ai voulu éviter cette catastrophe. Il n'étoit qu'un moyen, c'étoit de diminuer nos dépenses, de retrancher notre maison.... La chose est faite, & j'ai mis ordre à tout. Ainsi, mes enfans, ne soyez pas surpris de ne plus voir paroître cette foule de gens oisifs, de ces insatiables parasites qui rampoient assidûment à nos pieds : vous n'aurez plus devant les yeux cette troupe de vils fainéans qui, nés pour servir les caprices d'un maître, inondoient notre maison, & y faisoient regner la mollesse, l'intempérance & les mauvaises mœurs. J'ai donné ordre à M. Jérôme de nous choisir dans le village deux jeunes gens dociles & honnêtes pour nous servir ; en renonçant au luxe vous aurez toujours le nécessaire. Nos besoins sont bien diminués, & ces trois personnes nous suffiront. Si nous restions à la ville, ce projet ſeroit impraticable, vous le ſentez : là il faut ſoutenir ſon rang, il n'eſt point de conſidération qui arrête, on ſacrifie tout. Mais à la campagne, où l'on n'a ni rivaux ni importuns, il eſt aiſé de ſe contraindre, & nous le devons. Nous voilà donc fixés à ce château juſqu'à ce que nos épargnes nous aient mis en état de payer nos dettes & de retourner à la ville reprendre le rang que nous avons quitté. Le terme n'eſt pas auſſi long que vous pourriez vous l'imaginer. Une grande économie va l'accélérer au gré de nos vœux, & j'eſpere que trois ou quatre années nous ſuffiront.

(Tout le monde garde quelques inſtans le ſilence. Le Baron continue avec douceur.)

Eh bien, mes enfans?

ADÉLAÏDE.

Mon pere, vous devez compter ſur l'obéiſſance de tous ceux qui ont le bonheur de vous appartenir, quelques ſoient nos goûts, nos penchans, votre voix les fera toujours taire. Mais ſi vous voulez permettre que je vous faſſe enviſager...

LE CHEVALIER.

Non, Mademoiſelle, les vues de mon pere ſont ſans replique. Il n'eſt qu'un moyen pour rétablir notre fortune. Vouloir oppoſer des réflexions, ce n'eſt ni le lieu ni l'inſtant; ainſi, ſans vous parer d'une obéiſſance à laquelle notre devoir & nos intérêts nous obligent, songeons tous à concourir au bien & à la gloire de notre maison.

ADÉLAÏDE.

Pensez-vous, Monsieur, que cette gloire me tienne moins à cœur qu'à vous?

LE BARON.

J'en suis persuadé, ma fille, & c'est ce que nous verrons; en attendant je compte sur votre soumission aux desirs & aux ordres d'un pere... Je vois avec satisfaction votre fermeté & votre courage, Chevalier, je n'en attendois pas moins. Plus de fêtes pour vous, mon ami, mais je me flatte que vous aurez encore des plaisirs. (*Ils se levent*). Voilà ce que j'avois à vous dire. Croyez qu'il m'en a coûté pour me résoudre. Je n'ai pris mon parti qu'à la derniere extrêmité, mais enfin il est pris, & je ne souffrirois pas les murmures.

LA BARONNE.

Vous n'en entendrez point, Monsieur le Baron.

LE BARON.

Je le crois, Madame... J'ai à vous entretenir... .... Qu'on nous laisse pour quelques instans, allez mes enfans, & croyez que je m'occupe de votre bonheur.

SCENE III.

LE BARON, LA BARONNE.

(Pendant la derniere Scene la Baronne a témoigné un grand abattement.)

LE BARON.

JE vois, Madame, que vos regrets égalent les miens. Il eſt douloureux d'enſevelir dans une ſolitude une famille comme la nôtre; mais pouvois-je prendre un autre parti? Il eut été bien plus affreux de rendre nos enfans témoins de la chûte de notre maiſon, & cet inſtant n'étoit pas ſi éloigné que vous pouvez le croire. Si vous ſaviez, Madame, quelles ſont mes inquiétudes... Mais ils n'oſeroient! & je dois être tranquille; mes créanciers s'eſtimeront heureux de voir ma retraite, & les moyens extrêmes que j'emploie pour me mettre en état de les ſatisfaire, je ne penſe pas qu'aucun d'eux fût aſſez hardi...

LA BARONNE.

Quand on perd ſon bien, on oſe tout.

LE BARON.

Ils ſavent que je ſuis honnête homme, & ils auroient grand tort....

LA BARONNE.

Le tort eſt toujours pour ceux qui doivent, Baron ; & le Chevalier s'eſt-il arrangé avec ceux qui le pourſuivoient, il faut qu'il demande grace.

LE BARON.

Croyez-vous que le Chevalier voulut s'abaiſſer au point.....

LA BARONNE.

S'abaiſſer pour témoigner des égards à des gens à qui l'on doit tout ? votre fils a le cœur trop haut, & cette fierté extrême n'eſt point du tout de ſaiſon.

LE BARON.

Il ſe connoît, Madame ; plut-à-dieu que le reſte de ma famille lui reſſemblât.

LA BARONNE.

Point d'injures, Baron ; le reſte de votre famille vaut mieux que lui peut-être.

LE BARON.

Plût au ciel qu'Adélaïde !...

LA BARONNE.

Eh bien, Adélaïde ?

LE BARON.

C'eſt là la plus cruelle de mes alarmes...... Je n'en reviendrai jamais. L'ingrate ! Oſer faire choix d'un amant, & faire un choix indigne d'elle, de moi, de toute sa famille; ah! qu'elle y renonce. Je sens qu'elle seroit perdue, si elle avoit l'audace de persister dans son amour. L'honneur de ma maison feroit taire bientôt la tendresse & la nature, & je ne réponds pas de ce que je ferois.

LA BARONNE.

Monsieur le Baron, faites-moi la grace de m'écouter. Notre maison est ancienne, mais elle est pauvre. Nous ne pouvons faire un pas sans nous voir assaillis d'honneurs, & nos revenus s'éteignent tous les jours; c'est-à-dire, que l'inutile abonde chez nous, & que nous manquons du nécessaire. Combien de maisons aussi respectables, peut-être plus anciennes que la nôtre, se sont trouvées dans le même cas... Voyons l'expédient qu'elles ont pris, & profitons de leur exemple. On a cherché des partis dans la finance ou dans le commerce, on a donné des titres, on a reçu de l'or : un parti s'est ennobli en enrichissant l'autre, & tous les deux se sont trouvés à la fois riches, nobles & heureux. Le fils d'un des plus riches Négocians de Hollande aime Adélaïde, il l'a faite demander en mariage; vous la lui avez refusée cruellement; il s'est retiré outré de colere, mais il n'a pas cessé d'adorer votre fille; je sais qu'elle a été sensible à son outrage, qu'elle a gémi de votre refus, je ne vous cacherai rien, elle l'aime, & le bonheur de sa vie dépend de votre consentement.

LE BARON.

Elle ne l'aura jamais.

LA BARONNE.

Vous savez le parti qui vous a été proposé pour le Chevalier, une double alliance vous est offerte par la même maison. Votre fille peut épouser le frere, & la sœur épouse votre fils. Vous n'avez qu'à dire un mot, un million passe en vos mains, Monsieur le Baron, envisagez l'état où nous sommes. Que sert de gémir infructueusement sur nos malheurs? votre obstination peut nous perdre, & vous exposer à des regrets plus justes & bien plus cuisans.

LE BARON.

Quand j'aurois la foiblesse de me mésallier, seroit-ce sur cette famille que je porterois les yeux? non, laissons la naissance; la religion n'y a-t-elle pas mis une obstacle invincible?

LA BARONNE.

Voilà toujours de vos préjugés, il fait beau voir un Protestant afficher l'intolérance.

LE BARON.

N'en parlons plus, Madame, je ne suis point

d'avis de ſacrifier pour ce mariage les avantages de douze quartiers, & vous êtes sûre de ne rien obtenir.

LA BARONNE.

Et vous ferez le malheur de vos enfans.

LE BARON.

Je ferai leur gloire.

LA BARONNE.

La belle gloire de ſouffrir!

LE BARON.

Madame!

LA BARONNE.

Ma réſiſtance vous étonne; mais, Monſieur, l'intérêt de ma famille me tient plus à cœur que tout le reſte; puis-je vous voir ſans douleur en proie à des préjugés dont nous allons tous être les victimes? Vous craignez d'allier votre nobleſſe & votre indigence avec la fortune d'un homme plein d'honneur, parce qu'il n'eſt pas noble? Ah! il l'eſt plus que vous. La nobleſſe peut-elle conſiſter dans des titres vains & frivoles, dans des poſſeſſions qu'un jour, un inſtant peuvent vous enlever; dans un nom qui, parce qu'il eſt ancien & illuſtre, n'en exige que plus de vertus, & trop ſouvent ne ſe trouve réuni qu'à de travers & des vices? Pouvez-vous appeller nobleſſe, cet état douloureux & urgent qui ne ſubſiſte que par des voies basses & quelquefois injustes? Je rougis de vous offrir un tableau si affligeant; mais songez que celui dont vous dédaignez l'alliance sait se passer de tout le monde, qu'il fait la fortune de ceux qui l'approchent, qu'il répand par la culture, l'abondance sur ses biens, qu'il doit à sa vigilance, à ses talens, à lui-même enfin tout ce qu'il possede; Monsieur le Baron! Monsieur le Baron! je tremble sur notre sort.

LE BARON.

Je vous en ai prié, Madame, n'en parlons plus. Je sens aussi bien que vous combien notre état est critique. Je ne suis vènu ici que pour y apporter du remede. Secondez-moi, je vous en conjure, mais, une fois pour toutes, qu'on ne parle plus de Monsieur Frankner.

SCENE IV.

LE BARON, LA BARONNE, JÉROME, FRANKNER, DUPUIS.

LE BARON *à Jérôme.*

VOILA donc les deux jeunes gens que vous avez choisi?... J'espere être content d'eux... M. Jérôme appellez mes enfans. (*Jérôme sort.*) (*A Dupuis.*) Comment vous nommez-vous?

DUPUIS.

Antoine.

LE BARON *à Frankner.*

Et vous ?

FRANKNÉR.

Dumont.

LE BARON.

Mes amis, ſoyez dociles, prévenans & fideles, je vous ferai un ſort qui ne vous laiſſera pas regretter l'état que vous abandonnez.

SCENE V.

LE BARON, LA BARONNE, LE CHEVALIER, ADÉLAIDE, FRANKNER, DUPUIS, JÉROME.

LE BARON *à Frankner & à Dupuis.*

VOILA toute ma famille ; obéiſſez-leur, reſpectez-les comme moi-même ; c'eſt pour le ſervice de tous que vous êtes ici, tâchez de ſatisfaire à tout le monde.

DUPUIS.

Nous ferons nos efforts pour cela.

FRANKNER.

Et nous eſpérons y réuſſir.

ADÉLAÏDE *à part.*

Qu'entends-je? (*Elle se retourne*). C'est lui, c'est lui-même.... Frankner!.... (*Elle s'appuie sur sa mere.*

LA BARONNE.

Qu'avez-vous, ma fille?

LE BARON *avec hauteur.*

Un peu plus de fermeté, Mademoiselle.

LE CHEVALIER *à demi-voix.*

Elle ne sera jamais digne du sang dont elle est issue.

ADÉLAÏDE *avec douceur.*

Mon frere!

LE CHEVALIER.

Moi, votre frere, après votre indigne foiblesse, ne m'appellez plus de ce nom.

LE BARON *avec menace.*

Chevalier... (*Avec douceur*). Suivez-moi mon fils. M. Jérôme, retournez à vos occupations. Allez. (*Ils sortent tous les trois.*)

ADÉLAÏDE.

Ah! cette rigueur me fait trembler.

LA BARONNE.

Votre pere vous aime, j'en suis sûre; mais il a, dit-il, des reproches à vous faire, je veux les croire fondés, recevez-les avec soumission & avec respect. Tâchez par votre tendresse d'adoucir son caractere & d'émouvoir son amitié...... Allez, ma fille, tranquillisez-vous. Tous les projets de votre pere, toutes ses vues ne tendent qu'à notre bonheur.

ADÉLAÏDE, *après avoir jetté un coup-d'œil sur Frankner.*

Ma mere! aimez-moi toujours.

SCENE VI.

FRANKNER, DUPUIS.

FRANKNER *après un long silence.*

JE frémis de l'impression que ma présence a faite sur elle, chere Adélaïde! mon cœur palpite encore. J'ai cru voir l'instant où j'étois découvert, & où j'allois mourir à ses pieds.... Elle ne sera jamais digne du sang dont elle est issue... Le barbare! parce qu'elle m'aime; mais va, je ferai son bonheur, le tien; & je forcerai ton ame, incapable peut-être de tendresse & de pitié, à l'estime & à la reconnoissance.

DUPUIS.

Si l'on étoit instruit de ce qui se passe, nous courions grand risque vous & moi...

FRANKNER.

Ce n'est pas ce qui m'inquiete, c'est le sort d'Adélaïde. Qu'elle est à plaindre ! mais je suis tranquille, Jérôme est prudent, il a déja ressenti mes bienfaits ; & l'espérance qu'il fonde sur ma générosité, m'assure de sa discrétion ; cette espérance ne sera pas trompée, je t'en réponds : c'est à lui que je dois le bonheur d'être ici, le plaisir de voir celle que j'aime. Ah ! mon cher ami, que les momens que j'ai passés loin d'elle, m'ont paru longs & cruels.

DUPUIS.

Enfin nous y voici ; grace à notre stratagême, il est question de bien exécuter notre projet : oui il faut l'enlever.

FRANKNER.

Eh ! qui pourroit y mettre obstacle ? De quel droit me disputeroit-on un bien qui m'appartient par les loix, par l'honneur, par l'amour ?

DUPUIS.

Mais, Monsieur, pourquoi ne pas déclarer votre mariage ? quel motif plus pressant peut engager ses parens à le ratifier ?

FRANKNER.

Je tremble de leur dévoiler mon secret. Si tu les connoissois, les barbares ! ils sont capables de ſacrifier leur fille à leur reſſentiment, quand ils ſauront que l'hymen l'unit à moi. Ah! ce malheureux préjugé de la nobleſſe & de la naiſſance peut les porter à tous les crimes.

DUPUIS.

Un pere eſt toujours pere.

FRANKNER.

Mon ami! ce qui devroit peut-être ranimer mon eſpérance, accroit mon déſeſpoir. Quand ce pere, quand ce frere ſur-tout auront appris qu'un fils reſpire dans ſon ſein..... Je n'oſe me flatter. Leur colere éclate, je vois Adélaïde la victime de leurs tranſports : ah! je frémis ſur ſes dangers.

DUPUIS.

Vous obtiendrez leur conſentement, Monſieur : le premier mouvement peut vous être contraire, mais la raiſon les ramenera ; vous l'obtiendrez.

FRANKNER.

Cet eſpoir m'amene ici, & j'y perdrai la vie, ou j'aſſurerai ſon bonheur.

DUPUIS.

Songez à vous faire violence, un geſte, un mot, un ſoupir peuvent vous perdre.

FRANKNER.

Il eſt vrai, méfions-nous ſur-tout du Chevalier, il eſt ſoupconneux, & c'eſt bien le caractere

le

le plus ardent, le plus féroce qui fut jamais. Il peut tout ſur l'eſprit de ſon pere. Adélaïde eſt le fruit d'un ſecond hymen, la Baronne n'eſt pas d'une naiſſance auſſi illuſtre que la premiere épouſe du Baron, mere du Chevalier. Dès la plus tendre enfance il a déteſté Adélaïde ; ſa vile ambition craint de partager avec elle l'héritage de ſes ancêtres. Le monſtre ! s'il peut la perdre, il la perdra ; c'eſt lui ſur-tout que je crains, ſi mon projet échouoit, c'eſt à lui que je m'en prendrois. Que j'aurois de plaiſir à l'humilier. Tiens, Dupuis, je le hais, autant que j'aime Adélaïde.

DUPUIS.

Il eſt vrai que vous avez à vous plaindre de lui. Il devoit plus d'égards à votre amour ; je n'ai jamais vu tant d'orgueil.

FRANKNÈR.

C'eſt bien à lui ! S'il a à s'énorgueillir de quelque choſe, c'eſt de tenir par les liens du ſang à celle que j'aime ; de voir la beauté, la douceur, toutes les graces réunies dans Adélaïde. Oui, je ſuis digne d'elle, mon cœur me l'aſſure. Qu'on n'aille pas m'imputer une obſcure naiſſance, mes ſentimens m'élevent aſſez. Eſt-ce dans ſes ayeux qu'on doit chercher ſa gloire ? Lorqu'on en a eu de vertueux, on doit ſonger à les imiter, à s'en rendre dignes, & ne jamais en tirer vanité. Mais je vois Adélaïde. Laisse moi, & va reconnoître notre nouveau séjour.

SCENE VII.

ADÉLAIDE, FRANKNER.

ADÉLAÏDE *entrant avec précipitation.*

Vous, dans le château de mon pere ? sous ses yeux? venez-vous pour mettre le comble à ma douleur ? Connoissez-vous si peu mon pere pour le braver avec audace ? Fuyez : l'aspect de ce lieu doit vous faire trembler, il vous sera funeste ; vous périssez si vous êtes reconnu, & je péris avec vous.

FRANKNER.

Ah ! vous me faites frémir, ma chere Adélaïde ; mais ce n'est pas sur moi, je ne vois que vos dangers. Je viens pour vous arracher au sort qui vous menace. Mon déguisement rend tout possible. Fuyez un pere, un frere ; que dis-je, fuyez des tyrans, arrachez-vous de leur bras ; s'ils découvrent votre secret, vos jours ne sont pas en sûreté. De quoi ne sont-ils pas capables?

ADÉLAÏDE.

Il est vrai je n'ai plus d'espoir. Pourquoi les

avez-vous offensés? pourquoi ai-je partagé votre témérité? Votre amour vous a fait tout entreprendre, vous m'avez perdue.

FRANKNER.

Pourquoi le Ciel vous fit-il naître d'un pere barbare? Il brave mon amour, me refuse votre main, me traite avec fierté, avec mépris; je vous aime, je vous suis cher, & je vois l'instant où je vais vous perdre pour toujours. On se prépare à vous arracher de mes bras, vous passez dans les bras d'un autre... Un amant désespéré peut-il écouter la raison? Je vous traîne malgré vous au pied des autels, je vous y jure tout ce que je sens, je reçois vos sermens, un lien solemnel nous unit; & lorsque je crois être le plus heureux des hommes, de nouvelles alarmes viennent troubler votre cœur..... Ah! je vous le répete, fuyons. Soyez moins cruelle que celui de qui vous tenez le jour, vous êtes perdue, si vous restez ici.

ADÉLAÏDE.

J'y resterai.

FRANKNER.

Vous périrez.

ADÉLAÏDE.

Sans murmure.

FRANKNER.

Vous verrez descendre au tombeau une mere qui vous adore.

ADÉLAÏDE.

Elle me connoîtra, & cessera de maimer.

FRANKNER.

Vous me réduirez au désespoir; & savez-vous ce que je peux entreprendre? Votre pere, votre frere me répondront de vos jours. Votre époux, votre famille entiere seront les victimes de votre fureur.

ADÉLAÏDE.

De quel droit oseriez-vous interroger mon pere? De quel droit lui demanderiez-vous compte de mes jours?

FRANKNER.

Et ces jours ne sont-ils pas à moi?

ADÉLAÏDE.

A vous? qui les remplissez d'amertume, qui me les rendez odieux...

FRANKNER.

Sont-ils plus à votre pere? vous apartiennent-ils à vous-même? ne les devez-vous pas au malheureux?...

ADÉLAÏDE.

Arrête, garde-toi de prononcer un nom sacré: il redouble mes alarmes, cruel! il redouble l'amour que j'ai pour toi. Ne crois pas que cet amour me fasse rien entreprendre. Il sera éternel comme le lien qui nous unit, mais je n'irriterai pas mon pere par une nouvelle offense.

FRANKNER *désespéré.*

Et le moment fatal approche.

ADÉLAÏDE *froidement.*

Avant qu'il arrive, je ne serai plus.

FRANKNER.

Adélaïde !... ah ! ne me forcez pas à des crimes. Pourquoi chercher à ajouter à notre malheur ? Voyez tous les maux que vous me préparez, l'abyme affreux où votre obstination nous jette. Ma chere Adélaïde, consentez à mes vœux, fuyez entre les bras de votre époux ; si vous me résistez, si vous voulez vous perdre, me voir périr, vous serez satisfaite. Mais il en coûtera du sang.

ADÉLAÏDE.

Vous oseriez...

FRANKNER.

Oui, & je le jure. Si votre pere attentoit à vos jours, à votre liberté, ... il seroit perdu.

ADÉLAÏDE.

Eh bien ! on va vous prévenir : je cours me jetter à ses pieds, lui avouer ma faute, lui demander la mort, je lui apprendrai qui vous êtes, quels sont vos espérances, vos projets.

FRANKNER.

Je cours m'y jetter avec vous ; ce sera moi qui

lui en ferai le recit. Je lui peindrai votre innocence, mon amour; comme vous, je lui demanderai la mort; il eſt aſſez barbare pour me la refuſer.

ADÉLAIDE.

Cruel ! tu m'arraches le cœur. Ah ! Frankner ! ſongez à tous les maux que vous me cauſez.

FRANKNER.

Un inſtant peut les réparer.

ADÉLAÏDE.

Puiſſiez-vous ne pas vous flatter en vain ! Allez, ... j'en ai trop dit peut-être, ... laiſſez moi, ... j'entends du bruit.... Dieux ! vous me faites frémir. On peut nous ſurprendre. Allez, vous dis-je, ne me donnez pas de nouveaux ſujets d'alarmes.

(*Il ſort.*)

(*Seule.*) Que je ſuis malheureuſe!... Que de dangers !... ſi ma mort ſeule pouvoit en être le terme, je n'aurois pas de peine à m'en conſoler.

Fin du premier Acte.

ACTE II.

SCENE PREMIERE.

LE BARON, LE CHEVALIER.

LE BARON.

MON fils, vos réflexions ſont juſtes. Je renonce à votre hymen avec la ſœur de Frankner, je ſens combien cette alliance ſeroit indigne de nous.

LE CHEVALIER.

L'idée ſeule m'en a fait rougir.

LE BARON.

Je ne vous en parlerai plus; & malgré l'état de nos affaires, j'aurai la fermeté de rejetter cette fortune. Mais parlons d'Adélaïde, que va-t-elle devenir? Il faut qu'elle entre dans un cloître, qu'elle ſe conſacre à une retraite, à des combats éternels; ou bien que, reléguée dans un vieux château, elle s'occupe pour ſubſiſter aux emplois les plus pénibles: voilà l'alternative qui lui reſte. Mais en renonçant à ſon nom, à cette nobleſſe, vois ce qui l'attend; de la tranquillité, de l'éclat....

LE CHEVALIER *l'interrompant.*

De l'opprobre !

LE BARON.

Du bonheur.

LE CHEVALIER.

Arrêtez, mon pere,... ce bonheur feroit le prix de notre infamie ! Ah ! j'aimerois mieux voir Adélaïde expirer à mes yeux.

LE BARON.

Quel excès de rigueur !

LE CHEVALIER.

O jour fatal pour nous ! où un fecond hymen vous unit à la Baronne ; avec quelle foibleffe elle parle de la paffion de fa fille. Ah ! fi ma mere eût vécu & quelle m'eût donné une fœur, elle auroit été digne du fang qui l'auroit formée. Mais Adélaïde !... elle a mérité mes mépris, & je fens que ma haine....

LE BARON.

Vous m'offenfez, mon fils....

LE CHEVALIER.

Mon pere, vous me connoiffez. Rien n'égale peut-être la fierté de mon cœur. Il n'eft rien que je ne facrifie à l'orgueil de ma naiffance. Quand j'ai pris un parti, je fuis inébranlable, vous le favez, & l'indigne paffion d'Adélaïde... Ah ! fi elle ne renonçoit pas à ſon amour, & que votre bras fut lent à punir,... j'uſurperois votre autorité, mon pere, & ma vengeance!... Mais vous me promettez de ne plus ſonger à Frankner. Vous ordonnerez à Adélaïde d'oublier un homme vil, dont je rougis d'avoir prononcé le nom.

LE BARON.

Il ſuffit, tu le veux?

LE CHEVALIER.

C'eſt l'honneur de notre maiſon, c'eſt lui ſeul qui parle, & il doit être écouté.... Je vois paroître la perfide.... je vous laiſſe avec elle.... Songez à votre promeſſe, & aux devoirs que vous impoſe l'honneur.

(En ſortant il jette un coup-d'œil menaçant ſur Adélaïde.)

SCENE II.

LE BARON, ADÉLAIDE.

LE BARON.

MA fille, vous ſavez combien j'ai lieu d'être mécontent de vous. Mais un mot peut vous rendre mon amitié, & mon eſtime. Vous le direz, ou craignez toutes mes rigueurs.... Ne vous abandonnez pas à une douleur inutile; le remede à vos maux eſt dans votre cœur, il dépend de vous.

ADÉLAÏDE *à part.*

A quoi tend ce diſcours? (*Haut.*) Que deſirez vous de moi, mon pere?

LE BARON.

Ma fille, il faut renoncer...

ADELAÏDE.

Que m'allez-vous dire?

LE BARON.

Il faut renoncer... à Frankner.

ADÉLAÏDE.

A Frankner? ciel!

LE BARON.

A quoi ſervent ces gémiſſemens? je ne veux que votre bonheur; remettez-en le ſoin à votre pere. Montrez-vous digne de lui par votre ſoumiſſion & votre courage.

ADÉLAÏDE.

Mon pere, je ſuis prête à vous tout ſacrifier. Mais vous ne voulez, dites-vous, que mon bonheur, & vous me l'arrachez.

LE BARON

Inſenſée! pouvez-vous appeller bonheur ce qui

vous couvriroit de honte. Vous, ma fille, devenir l'épouſe d'un vil roturier ! ſi vous avez eu la foibleſſe de l'aimer, ayez la fermeté de renoncer à lui & de l'oublier à jamais.

ADÉLAÏDE.

L'oublier !

LE BARON.

Adélaïde ! un pere tendre qui vous conſeille, doit être écouté. Si vous lui réſiſtiez, vous trouveriez bientôt en lui un maître inflexible qui vous ordonneroit avec rigueur, ce que ma tendreſſe attend de toi. Allons, ma fille, que je te ſache gré de ton obéiſſance.... Vous vous taiſez... Quel trouble vous agite ?... N'eſt-il pas temps que vous ceſſiez de me déplaire ?... Adélaïde ! me connoiſſez-vous ?... craignez vous ſi peu ma colere & mon reſſentiment ?

ADÉLAÏDE.

Mon pere !

LE BARON.

Quel eſt tout ce myſtere ? Auriez-vous à me confier quelque ſecret plus cruel pour moi que l'indigne paſſion qui vous domine ? Ne m'irritez pas plus long-temps par votre ſilence.... Allons ma fille.

ADÉLAÏDE *à part.*

Si je parle, je ſuis perdue.

LE BARON.

Vous ne voulez donc pas éclaircir le trouble où je vous vois?....

ADÉLAÏDE.

Hélas!

LE BARON.

Adélaïde?

ADÉLAÏDE.

Mon pere!

LE BARON.

Ç'en eſt trop, je perds patience. Expliquez-vous.

ADÉLAÏDE *héſite un moment, à part.*

Le ſort en eſt jetté, j'aime mieux me taire & mourir.

LE BARON, *à part.*

Contraignons-nous. (*haut*) je vois, ma fille, que tu n'as pas pour moi toute la confiance que je mérite.... mais ton cœur a beſoin de s'épancher; puiſque le mien s'ouvre inutilement, je vais t'envoyer ta mere, tu ſeras plus ſincere avec elle, & je deſire que ſa préſence calme tes inquiétudes. Adieu ma fille, ton pere ſe ſeroit attendu à plus de confiance de ta part..... (*en ſortant.*) Nous verrons.

ADÉLAÏDE.

Malheureuſe! Que vais-je devenir? Où me cacher? où enſevelir le remord qui me preſſe?...

Je vois s'avancer l'inſtant, où je ne pourrai plus cacher mon état ; où ma honte va éclater aux yeux d'une mere que j'adore, d'un pere que je crains, d'un frere qui ne m'aima jamais.... Quel peut être le projet de Frankner ? M'enlever... & où aller.... Comment s'échapper ? Ah ! je n'ai pas beſoin d'ajouter à mes fautes ; je ſuis aſſez coupable... coupable pour aimer mon époux ?... Hélas ! a-t-il pu le devenir ſans l'aveu de mon pere ? (*Ici la Baronne paroît ſans être apperçue.*) Comment découvrir mon ſecret ? Ma mere, ma tendre mere, va bientôt me l'arracher. Que je redoute ſon approche, que je crains de l'affliger !.. Mais il le faut ;... je vais déchirer ce cœur que j'aime, répandre ſur ces jours, que je pouvois rendre heureux, toute l'amertume de mon ſort. (*En ſe retournant elle apperçoit la Baronne qui l'écoutoit, elle ſe précipite dans ſes bras.*)

Ma mere !

SCENE IV.

LA BARONNE, ADÉLAIDE.

LA BARONNE.

Eh bien, que ſignifient ces cris ? ce déſeſpoir ? Pourquoi effrayer votre mere ? Remettez-vous, ma fille, & parlez-moi avec tranquillité. Votre pere se plaint que vous manquez de confiance pour lui, je me flatte d'un plus heureux succès. Je crois que vous m'aimez assez pour m'ouvrir votre cœur. Je ne vous trahirai pas. Croyez que votre bonheur m'est cher par dessus tout; que je préfere votre tranquillité à la mienne, que je ne respire que pour ma fille.

ADÉLAÏDE.

Ah, Madame! que je suis indigne de vous.

LA BARONNE.

Vous, indigne de moi! non, non, Adélaïde; vous êtes formée de mon sang; je vous ai nourrie de mon lait, mes soins ont veillé à votre éducation, mes tendresses vous ont toujours prévenue, & je ne puis croire que vous ayiez cessé de m'aimer.

ADÉLAÏDE.

De vous aimer? ah! non jamais.

LA BARONNE.

Eh bien: vous êtes digne de moi. Si vous m'avez aimée, vous n'avez rien fait qui pût m'affliger ou me déplaire, qui ne réponde à la sagesse de votre éducation, à la dignité de votre naissance; votre douleur vous égare. Je vous le répete, vous êtes digne de moi, ma fille, & vous le serez toujours.

ADÉLAÏDE *à part.*

Que je suis confondue!

LA BARONNE.

Mais votre pere veut absolument être éclairci; il n'est plus temps d'hésiter, ma fille; allons, confiez-moi vos secrets.

ADÉLAÏDE.

Ma mere...

LE BARONNE.

Eh bien, ma fille.

ADÉLAÏDE.

Ma mere.... Frankner....

LA BARONNE.

Vous oublieroit-il?........ Frankner seroit infidele?

ADÉLAÏDE.

Non, Madame, il m'aime toujours.

LA BARONNE.

Qui fait donc couler vos larmes?

ADÉLAÏDE.

Ma mere! (*Elle tombe à ses genoux.*) Je m'attends à votre haine.

LA BARONNE *la relevant.*

Je n'ai pour toi que de l'amour.

ADÉLAÏDE.

Ayez pitié de moi, je mérite vos mépris.

LA BARONNE *la repoussant.*

Mes mépris !... ma fille !...

ADÉLAÏDE.

Voilà mon pere, je succombe.

(*Elle tombe dans un fauteuil.*)

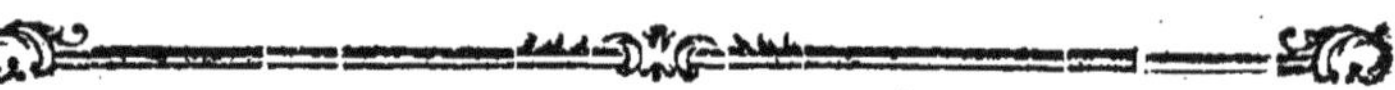

SCENE V.

LE BARON, LA BARONNE, ADÉLAIDE.

LE BARON.

EH bien? cette confidence est-elle faite?

LA BARONNE.

Vous êtes bien impatient, Monsieur le Baron. (*Elle se retourne, & voit Adélaïde évanouie.*) Ciel! ma fille; sonnez vîte. *Le Baron sonne.*) Quelqu'un! du secours! (*Dupuis entre.* Qu'on m'aide à la conduire dans sa chambre... Ma fille!... Elle répond à peine... Monsieur le Baron!

LE BARON.

Ce ne sera rien, Madame, ce ne sera rien... (*On amene Adélaïde.* (*à part.*) Suivons-les, & ne les quittons pas que tout ne soit éclairci.

FRANKNER

FRANKNER *entrant précipitamment.*

Monſieur a ſonné.

LE BARON.

Ma fille ſe trouvoit mal, on vient de la conduire dans ſa chambre. (*Frankner fait un mouvement.*) N'entrez pas, on n'a pas beſoin de vous.

(*Il ſort.*)

FRANKNER *ſeul.*

Malheureuſe Adélaïde ! Que tu es à plaindre ! c'eſt moi qui cauſe tes peines, c'eſt moi ſeul ; faſſe le ciel que je puiſſe bientôt les réparer.

SCENE VI.

FRANKNER, JÉROME.

JÉRÔME *avec empreſſement.*

DUMONT? où eſt M. le Baron? des Huiſſiers :... on va ſaiſir tout.... Nous ſommes perdus, mon ami. (*Regardant autour de lui.*) Perſonne ne nous entend. Ah ! M. Frankner, voyez l'état où va être réduite cette famille : ayez pitié d'elle, elle peut devenir la vôtre ; puiſſe t-elle l'être bientôt ! ne ſouffrez pas qu'on porte dans le château la violence & le déſeſpoir.

FRANKNER.

Où ſont-ils?

JÉRÔME.

Je les ai laiſſés dans la cour.

FRANKNER.

Qui les envoie?

JÉRÔME.

Biermont, Scellier.

FRANKNER.

Combien lui eſt-il dû?

JÉRÔME.

Dix mille livres.

FRANKNER *tirant un papier d'un porte feuille & le remettant à Jérôme.*

Va leur demander, s'ils veulent de ce papier.

JÉRÔME *liſant.*

Signé.... Frankner,... Diable!

FRANKNER.

Tu te feras remettre les titres.

JÉRÔME.

Je n'y manquerai pas. (*Il ſort.*)

FRANKNER.

Quelle eſt mon inquiétude! mon épouſe vient de ſe trouver mal, & je ne puis lui prodiguer mes ſoins.

SCENE VII.

FRANKNER, DUPUIS.

DUPUIS.

Dumont! Dumont!... Monsieur, voilà une lettre pour vous.

FRANKNER.

Donne. Quand l'as-tu reçue?

DUPUIS.

Il n'y a qu'un instant, l'exprès est encore au cabaret voisin.

FRANKNER.

A-t-il amené des chevaux?

DUPUIS.

Oui, Monsieur.

FRANKNER.

C'est de mon frere. (*Tandis qu'il décachete la lettre.*) Comment se trouve Adélaïde?

DUPUIS.

Assez bien. Son évanouissement n'a pas été long.

FRANKNER.

Qui l'avoit causé?

DUPUIS.

Je ne sais.

FRANKNER.

A coup sûr quelque méchanceté du Chevalier ou du Baron. (*Il lit.*) « Je t'envoie, mon cher » frere, un brevet que nous avons reçu de la » Haye depuis ton départ. Tu trouveras ci-jointes » les lettres de change que tu as demandées. » Donne-nous de tes nouvelles ». Quelles nouvelles !

DUPUIS *l'interrompant.*

C'est à vous qu'on en veut, je vous laisse.

SCENE VIII.

ADÉLAIDE, FRANKNER.

FRANKNER *plie sa lettre sans achever de la lire, & court avec empressement au devant d'Adélaïde qui le reçoit avec une froideur terrible.*

FRANKNER.

Adélaïde !

ADÉLAÏDE *toujours avec froideur.*

Ton secret est découvert. Te voilà l'objet de l'exécration de ma famille. Te voilà reconnu pour l'auteur de mes tourmens, de ma mort.

FRANKNER.

De votre mort? ma chere Adélaïde!

ADÉLAÏDE *le repoussant.*

Frankner, écoutez, obéissez & sur-tout ne repliquez pas.... Ma mere est instruite de mon état, mon pere va bientôt l'être; je n'ai qu'un parti à prendre. J'exige que vous partiez sans vous faire reconnoître aujourd'hui, tout à l'heure.

FRANKNER.

Cruelle! (*Avec une tranquillité affectée.*) Vous ne serez pas obéie. Vous voulez m'éloigner, vous voulez laisser un champ libre à la vengeance de votre pere, de votre frere... Ne vous en flattez pas: je resterai, j'observerai toutes leurs actions, tous leurs discours; rien ne m'échappera. Je lirai dans leurs yeux, je lirai dans leurs cœurs: ils vous perdront, ils me perdront, mais qu'ils tremblent!

ADÉLAÏDE.

Craignez, si vous refusez de m'obéir...

FRANKNER.

Et qu'ai-je encore à craindre si vous ne m'aimez plus.

ADÉLAÏDE *avec effusion.*

Peux-tu le croire?

FRANKNER.

Vous m'ordonnez de vous fuir.... Si vous m'aimiez....

ADÉLAÏDE.

Cruel, en peux-tu douter? Si je t'aimois moins, aurois-je tant d'alarmes? Chaque inſtant que je paſſe avec toi, ajoute à nos dangers & redouble mon amour.

FRANKNER.

Et vous me quittez. Vous voulez que je vous fuie, & vous dites que vous m'aimez, ingrate!

ADÉLAÏDE.

O Dieux! vous liſez dans mon cœur, & vous l'entendez; Suis-je aſſez malheureuſe? Ah! Frankner, ſi je t'éloigne, c'eſt pour te ſauver. La fuite peut ſeule te mettre à l'abri de la barbarie de mon pere. De grace, laiſſe-moi mourir ſeule, n'augmente pas mon ſupplice en périſſant avec moi. C'eſt aſſez de mes peines. Epargne-moi les tiennes: crois-moi, fuis; je t'en conjure par-tout ce que nous avons de plus ſacré, par notre amour.

FRANKNER.

Si cet amour à ſur vous quelque empire, que ne l'écoutez-vous? Si vous m'aimez, ne prenez conſeil que de votre cœur. Si vous m'aimez, livrez-vous à ma tendreſſe, à ma foi. Echappez à la foudre qui vous menace, ſi vous m'aimez....

ADÉLAÏDE.

Arrête & ceſſe de m'offenſer. Si je t'aime, le ciel m'en eſt témoin.

FRANKNER.

Eh bien, rappelle-toi le ferment que tu fis en fa préfence, je fuis plus que ton amant, tu me dois plus que de l'amour.

ADÉLAÏDE.

Cher époux, je te dois tout.

FRANKNER.

Et tu me refufes l'obéiffance.

ADÉLAÏDE.

Ah ! Frankner, ah ! mon ami, tu déchires mon cœur ; fi je balance, c'eft que je crains d'ajouter à mes torts, d'augmenter tes dangers. En refufant de te fuivre, je fens que je m'arrache à ce que j'ai de plus cher. Je renonce au feul efpoir qui me refte ; mais ton intérêt feul me porte à cette violence, on nous obferve, le moyen de s'échapper ? Je te le répete, fuis : Dérobe-toi à la vengeance qui t'attend, & laiffe-moi feule fubir toute l'horreur de mon fort.

FRANKNER.

Je ne réfifte point à cet outrage ... Tu veux que je vive, & que je vive fans toi ; c'eft le comble de l'injuftice, tu es plus barbare que ton pere. Je fubirai mille morts plutôt que de t'abandonner. Adélaïde ! qu'ofes-tu demander ? infenfée ! De quel droit veux-tu brifer le lien qui nous unit? moi-même, quel beſoin ai-je ici de prieres? Je ſuis ton époux, ſonge à tes devoirs, à mes droits. Tu veux que je fuie, je fuirai, j'y conſens, mais tu me ſuivras. Rien ne pourra me ſéparer de toi; ton pere, ton frere, ta famille, tout l'univers doivent-ils me balancer dans ton cœur? Rentre en toi-même, je ne te quitte plus que tu n'aies conſenti à mes deſirs. La nuit va paroître, qu'elle cache notre départ, je réponds de tout. Suis-moi, ſuis un époux qui t'adore, notre vie en dépend, réponds.

ADÉLAÏDE *après un long ſilence.*

Ç'en eſt fait, je ſuis à toi; ton épouſe te ſuivra ſans doute; qui pourroit m'en blâmer? Je m'abandonne à la deſtinée ou plutôt à l'amour. Sois content, va tout diſpoſer, je ſuis prête à la fuite.

FRANKNER.

Que je ſuis heureux! (*ſeul*) Allons trouver Dupuis, arrachons-nous de ce lieu, & ſauvons ce que j'aime.

Fin du ſecond Acte.

ACTE III.

SCENE PREMIERE.

LE BARON.

(*La nuit est fort avancée. Le Baron est auprès d'une table, la tête appuyée sur ses mains abymé dans la douleur... (long silence....)*)

VOILA donc la fille du Baron de Mariendal la fable & le jouet de mes amis : la voilà l'opprobre de ma vie, elle, qui en devoit faire la consolation... O ma fille ! aurois-je cru que le revers de ma fortune fut le moindre de mes malheurs.... Songeons au parti que je dois prendre. Concilions, s'il se peut, mon honneur avec la tendresse que j'ai encore pour elle.... Consentirai-je à leur hymen ? Non, je n'adopterai pas pour fils un homme tel que Frankner.... N'ajoutons pas à ma honte, celle-là réjailliroit sur moi seul.... Voyons, examinons tout avant de prendre un parti. Une fois pris, je me connois, aux dépens de mon bonheur, de mes jours, il sera suivi... J'ai beau réfléchir, les deux extrêmes se présentent seuls à mon esprit. Je ne vois que mon aveu, ou la mort... la mort ! Ah ! je pourrois ordonner le ſupplice de ma fille, je ſerois ſon bourreau ? non, jamais.... Mais mon aveu ; m'avilir, ſouiller la pureté de mon ſang, me condamner à un opprobre éternel !.... Quel parti prendre.... Si je conſultois mon fils.... Sauvons-lui plutôt ce chagrin. N'étendons pas le ſecret de mon déshonneur..... Ne puis-je ſeul?... hélas ! Non. Je ſens que je ne pourrai rien réſoudre.... (*Il ſonne, Frankner paroît.*) Dumont, allez dire au Chevalier de ſe rendre ici... (*ſeul.*) Malheureux pere ! Quand le ciel m'a donné des enfans, je l'ai remercié de ce bienfait, & ils naiſſoient pour faire un jour ma honte & mon ſupplice... Ah ! Dieux !... J'entends du bruit, c'eſt le Chevalier. (*Il ſe leve.*)

SCENE II.

LE BARON, LE CHEVALIER.

LE BARON.

FERMEZ cette porte. (*Le Chevalier la ferme.*) Mon fils, armez-vous de conſtance. Je vais déchirer votre cœur. Ma fille, votre ſœur nous déshonore.

LE CHEVALIER.

Vous n'ignorez pas, mon pere, combien j'y

ſuis ſenſible ; mais je me flatte que notre retraite en ce lieu.....

LE BARON.

Vous n'êtes pas inſtruit de tout ce qui ſe paſſe ; aſſeyez-vous, écoutez, & qu'un ſilence profond enſeveliſſe pour jamais la confidence que je vais vous faire. Votre ſœur a eu la foibleſſe de s'attacher à un homme à qui elle ne devoit que du mépris. J'ai reçu vos plaintes à ce ſujet. Vous avez ſu les défenſes que j'ai faites. Vous avez vu mes alarmes, tout a été inutile. J'ai cru comme vous que la fuite la guériroit ; eſpoir frivole, ſon mal eſt ſans reſſource... Je viens d'apprendre,... je frémis de l'avouer... (*Il regarde de tous côtés autour de lui.*) Je crains toujours qu'on ne m'entende. Votre ſœur a mis le comble à la baſſeſſe de ſon penchant, elle a épouſé Frankner, elle a conſommé le crime, elle eſt prête à devenir mere.

LE CHEVALIER.

Adélaïde !

LE BARON.

La choſe eſt ſûre.... C'eſt pour vous conſulter que je vous ai fait appeller ici.... Il faut qu'à l'inſtant même, ſon ſort ſoit décidé.

LE CHEVALIER.

Il eſt tout décidé, mon pere. Un homme qu'avilit un état dépendant & mercénaire, n'a ſu reſpecter dans Adélaïde ni l'amour qu'elle lui a inspiré, ni le sang qui coule dans ses veines. L'ingrate a partagé sa témérité. Nous sommes déshonorés, mon pere, il ne nous reste que le parti de la vengeance. Qu'Adélaïde meure.

LE BARON *avec tendresse.*

Mon fils !

LE CHEVALIER.

L'arrêt est terrible, mais il est juste. Sa mort seule peut nous satisfaire. Si elle vivoit, chaque regard que nous jetterions sur elle nous rappelleroit son infamie. Son indigne époux nous feroit rougir à tous les instans. L'être malheureux qu'elle mettroit au jour perpétueroit notre supplice. Non, non, il faut qu'elle meure.

LE BARON.

La rigueur des loix....

LE CHEVALIER.

C'est un hazard qu'il faut courir.

LE BARON.

Et Frankner ?

LE CHEVALIER.

Je réponds de lui, il ne divulguera pas notre secret.

LE BARON.

Que veux-tu dire?

LE CHEVALIER.

Adélaïde...elle eſt couchée, le ſommeil tient ſes ſens aſſoupis; je vais pénétrer près d'elle & là....

LE BARON.

Tu me fais frémir.

LE CHEVALIER.

Ne voyez que ſon infamie, notre opprobre, gloire de notre maiſon. Là, dis-je, ſans conſulte ni l'amitié ni la nature, ſans écouter la voix de l religion, du remords peut-être, votre fils la rage dans le cœur....

LE BARON.

Arrête.

LE CHEVALIER.

Non, mon pere... Je l'éveille, je lui préſente le poiſon ou le fer; je lui laiſſe le choix, je lui fais tourner ſes coups contre elle-même... Enfin, demain on la dira morte d'un accident, & on lui fera rendre les honneurs funebres. Delà je vais trouver Frankner; il a du cœur, nous nous battrons, au piſtolet, bouts touchans; & demain Adélaïde, ſon amant, votre fils peut-être ne ſeront plus.

LE BARON.

Voilà trop de dangers. Le ſecond coup eſt périlleux, le premier eſt trop barbare.

LE CHEVALIER.

Mon pere ! pour l'inſtant le plus important de nos ſoins eſt de ſouſtraire Adélaïde à tous les regards. (*Il regarde autour de lui.*) Ecoutez, (*Il baiſſe la voix*) les clefs du caveau où repoſent les cendres de nos ayeux, vous les avez?

LE BARON.

Oui.

LE CHEVALIER.

Perſonne n'oſeroit y pénétrer ſans votre ordre?

LE BARON.

On ne le pourroit pas.

LE CHEVALIER.

Qu'Adélaïde y ſoit renfermée juſqu'à ce que nous aurons décidé de ſon ſort.

LE BARON.

Profaner un lieu conſacré par la religion?

LE CHEVALIER.

Qu'avez-vous de plus ſacré que l'honneur !

LE BARON.

Je frémis.

LE CHEVALIER.

Frémiſſez de la honte qui nous menace.

LE BARON.

Malheureux enfans !

LE CHEVALIER.

Voyez nos rivaux, nos ennemis ſe réjouir de notre infortune. Ce trait va mettre le comble à leur joie. Nous allons devenir l'objet de leurs mépris, de leurs railleries.

LE BARON.

Que plutôt mille morts!....

LE CHEVALIER.

Et vous n'oſez en réſoudre une?

LE BARON.

C'eſt celle de ma fille.

LE CHEVALIER.

D'une fille qui nous perd, qui mérite votre haine, vos fureurs.

LE BARON.

Elle eſt ma fille.

LE CHEVALIER.

Non, ou je ceſſe d'être votre fils... Point de milieu, mon pere; il faut choiſir entre elle & moi; ſi elle vit, je meurs. La mort eſt à mes yeux mille fois moins cruelle que la honte. Je vous laiſſe notre arbitre. Sacrifiez votre fille, ou vous n'avez plus de fils.

LE BARON *après un long ſilence.*

Chevalier! vous connoiſſez mon amitié pour

vous, & l'empire que vous avez ſur votre pere. Voudriez-vous abuſer de ma foibleſſe? Vous oſez perſiſter dans un projet auſſi odieux.. Evitez ma préſence, & vous-même, redoutez mon indignation.

LE CHEVALIER.

Mon pere!

LE BARON.

Laiſſez-moi. Laiſſez-moi, vous dis-je..... Je vous l'ordonne. (*Seul.*) Je ſuis bien malheureux! Mes enfans m'affligent de tous côtés. J'ai vu l'inſtant où j'allois ſeconder la fureur du Chevalier... Mais enfin que vais-je devenir? Signerai-je ma honte & celle de ma poſtérité? Non, que tous les malheurs ſe réuniſſent ſur ma tête, que ma fille, que ma femme périſſent, que je périſſe avec elles, jamais Frankner...

LE CHEVALIER *rentrant précipitamment.*

Ah! mon pere, il eſt temps de la cacher; c'eſt la ſeule reſſource qui nous reſte, on vient enlever Adélaïde.

LE BARON.

Ciel!

LE CHEVALIER.

Des chevaux ſont arrivés ſous les murs du château.

LE BARON.

Tu les as vus?

LE

LE CHEVALIER.

Ils y sont encore.

LE BARON.

Et quel est l'insolent?...

LE CHEVALIER.

Qui peut-ce être que Frankner?

LE BARON.

Ma fille seroit-elle sa complice?

LE CHEVALIER.

Se fut-il hazardé sans son aveu?

LE BARON.

Il ne jouira pas de sa témérité, je saurai la dérober à son insolence.

LE CHEVALIER.

Et comment la dérober? où la cacherez-vous? Quel asyle sera impénétrable à l'amour?... Mon pere, il n'y a que le tombeau qui puisse la soustraire aux efforts du ravisseur; mais vous avez rejetté mon avis, vous vous êtes offensé de mon courage; encore un instant d'incertitude, & nous n'avons plus d'espoir. Adélaïde nous échappe, elle fuit dans les bras de son amant; & son infamie & notre honte éclatent aux yeux de tout l'univers.

LE BARON.

La perfide? je vais chez elle la surprendre au

ſein de ſes projets criminels. Toi, vas chercher ſon amant, punis-le d'une entrepriſe auſſi vaine que téméraire; va cours, réponds-moi de Frankner, je te réponds d'Adélaïde.

LE CHEVALIER *ſeul.*

Le Baron a chancelé. Tout étoit perdu, ſi j'avois été moins intrepide. (*Il ſonne, Frankner paroît.*) Antoine eſt-il couché?

FRANKNER.

Je crois qu'oui, Monſieur.

LE CHEVALIER.

Allez vous coucher auſſi, allez, (*Frankner ſort*) tout paroît tranquille; cependant pour plus de ſûreté, allons voir encore dans la maiſon, & rejoignons mon pere ſitôt que j'aurai tout parcouru.

SCENE III.

FRANKNER *revenant ſur ſes pas.*

QUE trament le Baron & le Chevalier? Ils veulent m'éloigner, gardons-nous d'obéir. Chere Adélaïde! ſi par hazard elle étoit l'objet.... Quel affreux preſſentiment!... Ne les perdons pas de vue. Soyons bien attentifs à tout ce qui ſe paſſe... Mais qu'ai-je à craindre? L'inſtant approche où je vais dérober Adélaïde à leur fureur. Les chevaux ſont prêts, ils nous attendent ſous les murs du château. O Dieux ! protégez une fuite avouée de l'innocence & inſpirée par l'amour. Que je m'arrache de ce lieu funeſte, & que j'enleve une épouſe que j'aime à la barbarie de ſes perſécuteurs.

SCENE IV.

LE CHEVALIER, FRANKNER.

LE CHEVALIER.

VOUS voilà encore ? Retirez-vous.

FRANKNER.

J'obéis, Monſieur. (*A part.*) Le cruel !

LE CHEVALIER.

J'entends venir quelqu'un ; c'eſt mon pere avec Adélaïde. Suivons de près Dumont, & aſſurons-nous de lui.

SCENE V.

LE BARON, ADÉLAIDE.

(*Le Baron entre comme un furieux, entraînant par la main Adélaïde avec violence. Elle est toute échevelée & inondée de pleurs.*

ADÉLAÏDE.

EH bien! mon pere, que voulez-vous de moi?

LE BARON.

L'obéissance.

ADÉLAÏDE.

Me voyez-vous rebelle à vos ordres; ne puis-je sans vous offenser vous interroger sur tout ce que je vois. Au milieu de la nuit, avec un mystere & un silence qui m'effrayent, vous venez m'arracher sans pitié du sein du repos; hélas! il n'est gueres plus fait pour moi.

LE BARON.

Je n'en jouis plus; & c'est toi qui me l'ôtes.

ADÉLAÏDE.

O mon pere, voyez mon repentir, mon désespoir & mes larmes. Avez-vous résolu ma mort, ne me le cachez pas, je la subirai sans murmure. Qui pourroit m'attacher à la vie?

LE BARON.

Ingrate! il n'est plus de Frankner pour toi.

ADÉLAIDE.

Eh! bien. Ne me refusez pas la seule consolation qui me reste, frappez, mon pere (*Elle se jette à ses pieds.* Frappez, mais pardonnez-moi; que j'emporte au tombeau vos regrets & votre tendresse.

LE BARON *hésitant.*

Ma fille!

ADÉLAÏDE *lui tendant les mains.*

Mon pere!

LE BARON *se jettant dans ses bras.*

Ç'en est fait; la nature l'emporte, elle vivra, ou je veux mourir avec elle. (*S'arrachant de ses bras quand il voit le Chevalier.*) Ah, Dieux! voilà le Chevalier.

SCENE VI.

LE BARON, LE CHEVALIER, ADÉLAIDE.

(Le Baron, après avoir exprimé en silence les combats qui se passent en lui, se jette dans un fauteuil, où il demeure absorbé dans sa douleur.)

LE CHEVALIER.

LA perfide!... Suivez-moi.

ADÉLAÏDE.

Où me conduisez-vous?

LE CHEVALIER.

Cessez tous vos cris, & songez à me suivre.

ADÉLAÏDE.

Et le puis-je? Je me soutiens à peine, une frayeur mortelle a glacé tous mes sens, ô mon pere, tendez-moi la main.

LE CHEVALIER.

Il ne vous entend plus; voyez l'état où vous le réduisez.

ADÉLAÏDE.

Mon pere!

LE CHEVALIER.

Suivez-moi, vous dis-je?

ADÉLAÏDE.

Voyez mes efforts, ne m'accablez pas mon frere, de grace !

LE CHEVALIER.

Marchez. (*Il l'entraîne avec violence.*)

ADÉLAÏDE *en ſortant avec de grands cris.*

Mon pere, ô mon pere! ô mon pere !

SCENE VII.

LE BARON *ſeul après un long ſilence.*

Ou ſuis-je?... Quel trouble profond a ſuſpendu l'uſage de tous mes ſens?... Je ſemble ſortir de la nuit du tombeau... Je reſpire à peine... Où eſt ma fille?... où eſt Adélaïde ? Ciel, j'aurois pu prononcer un arrêt fatal?... Son frere me l'enleve... (*Il ſe leve.*) Barbare! Arrête, arrête.... O ma femme! tu vas m'interroger ſur le ſort de ta fille, tu vas me demander compte de ſon abſence. Comment ſoutiendrai-je ſes cris, ces reproches, ſes pleurs?...... Armons-nous de fermeté, & que les vains diſcours d'une femme ne dérangent point une entrepriſe que l'honneur nous a dictée... L'honneur!... L'honneur rend-il barbare? L'honneur peut-il égarer à ce point?... Qu'ai-je fait....

malheureux !... J'entends quelqu'un, eſt-ce lui ? Dieux ! c'eſt Dumont. Que vient-il faire ici à cette heure ?

SCENE VIII.

LE BARON, FRANKNER.

FRANKNER *à part*.

JE ne ſais où j'en ſuis : je ne trouve point Adélaïde, elle eſt ſortie de ſon appartement ! (*Au Baron*). Ah, Monſieur ! que ma curioſité ne vous offenſe pas. Vous paroiſſez inquiet, je lis ſur votre viſage un trouble qui m'effraie. Je me jette à vos genoux. Eclairciſſez ce myſtere. Je ne trahirai pas votre confiance, je pourrai vous ſervir peut-être.

LE BARON.

Tu ne le peux. Retire toi, la nuit eſt avancée, tu as beſoin de repos.

FRANKNER.

En ai-je plus beſoin que vous, pourquoi n'en prenez-vous pas vous-même ?

LE BARON.

Je vais me coucher toute à l'heure.

FRANKNER *au Baron*.

... Monſieur...

LE BARON.

Ne m'importune pas.

SCENE IX.

LE BARON, LE CHEVALIER, FRANKNER.

LE CHEVALIER *rentrant avec précipitation, voyant Frankner.*

QUOI, c'eſt lui!... Laiſſez-nous.

FRANKNER.

Permettez, Monſieur....

LE CHEVALIER.

Je ne veux rien permettre, obéiſſez.

FRANKNER *au Baron.*

Ah! Monſieur! vous connoiſſez mes ſentimens.

LE CHEVALIER.

Obéiſſez ou redoutez ma colere.

FRANKNER.

Vous menacez?

LE CHEVALIER.

Je vous l'ai dit... Sortez.

FRANKNER *à part.*

Modérons-nous. Je me perdrois. (*Il ſort.*)

SCENE X.

LE BARON, LE CHEVALIER.

LE CHEVALIER *troublé.*

C'EN est ſait, mon pere, il eſt conſommé ce terrible projet. Elle eſt deſcendue vivante au ſein du tombeau. Son crime s'expie; oui, elle étoit criminelle, & mon cœur en frémit.

LE BARON.

Ah! mon fils, mon ſang eſt glacé dans mes veines. Tout ce qui frappe mes ſens, jette la terreur dans mon ame.... Je tremble que ſa mere... Quel trouble!... Ciel! oui, ſa mere va me redemander ſa fille, que lui dirai-je? Parle.... j'entends du bruit.... C'eſt elle peut-être.... Mon fils, évitons ſa rencontre, fuyons... fuyons.

LE CHEVALIER.

Fuyons, mon pere, fuyons.

Fin du troiſieme Acte.

ACTE IV.

SCENE PREMIERE.

LE BARON, LA BARONNE.

LE BARON *entrant le premier.*

DANS quel trouble je ſuis ! La Baronne court à l'appartement de ſa fille, ne la trouve pas, elle interroge tout le monde ; tout le monde pleure, & perſonne ne lui répond... Malheureux pere !.... Je l'entends venir, je ne pourrois ſoutenir ſa préſence ; ſortons.

LA BARONNE.

Vous me fuyez, Baron ; arrêtez, où eſt ma fille ? Calmez les alarmes que ſon abſence fait naître dans mon cœur. Où eſt ma fille ?

LE BARON

Je ſuis auſſi inquiet que vous, Madame ; l'ingrate, je prévois quel eſt ſon ſort & ſon amant.

LA BARONNE.

Comment vous pourriez penſer ?

LE BARON.

N'en doutez pas... Votre fille à volé dans

les bras de celui qui la déshonore, & nous expoſe au plus ſanglant des affronts.

LA BARONNE.

Ma fille! tu m'as abandonnée!.... Quelle a été ſon eſpoir? Si elle en a été capable, je l'oublie à jamais. Ma fille! Mais ſur quels indices vous perſuadez-vous cela?

LE BARON.

J'ai plus que des indices, Madame, plut-à-dieu que je puſſe en douter encore! Mais pendant la nuit on a vu des chevaux ſous les murs du château, des inconnus rodoient autour. On a entendu Adélaïde ſortir de ſon appartement.

LA BARONNE.

Qui a vu ces choſes? qui l'a entendue? Que je ſache le chemin quelle a pris; je veux courir après elle, la faire repentir à force de tendreſſe, la ramener à vos pieds. Parlez, Monſieur, parlez, je ne puis réſiſter à mon impatience. Il faut que ma fille ſe retrouve, ou que je meure....(*Elle ſonne, Franckner, Dupuis, Jérôme entrent.*) Mes enfans, qui de vous m'apprendra quelque choſe ſur le ſort de ma fille? qui la vue? qui la entendue? Parlez tous, Jérôme, Dumont, Antoine... Quoi, rien, rien du tout? (*Elle s'adreſſe à Frankner en particulier*). Mon ami?

FRANKNER *embarrassé.*

Madame. (*Il s'apperçoit que le Baron le fixe attentivement, & il se tait.*)

LA BARONNE.

Cruels que vous êtes, laissez-moi.... (*Ils sortent.*) Eh bien, Monsieur le Baron, où sont ces preuves? Vous seul avez tout vu, tout entendu.

LE BARON.

Madame, je ne veux point ajouter à votre douleur par le récit de sa fuite, épargnez-vous un détail qui vous feroit rougir. Ne sommes-nous pas assez humiliez?

LA BARONNE.

Je veux tout savoir. Vous affectez inutilement du mystere. J'ai perdu ma fille. Que puis-je apprendre de plus affreux? Que dis-je! le Chevalier ou vous, avez tout vu; qui que ce soit des deux, pourquoi l'avez-vous souffert? Pourquoi ne pas vous opposer à la passion de ma fille, aux efforts de ses ravisseurs? Que ne m'appelliez vous? Moi seule aurois eu plus de force & de courage que vous, je la leur aurois arrachée; ils auroient redouté mes reproches, mes cris, mon désespoir; mais non, elle eut volé dans mes bras, & son ravisseur n'auroit emporté que la honte & des regrets.

LE BARON.

Je n'aurois pas cru, Madame, qu'une fille qui s'est rendue indigne de nous, vous fut encore si chere. Montrez-vous moins sensible à un malheur auquel nous devions nous attendre, & que sans vous j'aurois su prévenir.

LA BARONNE.

Eh! bien, voilà toujours ce caractere dur & farouche. Vous ne savez rien entreprendre que par la violence & la rigueur. Cela seul nous a perdus. La douceur eût ramené ma fille de son égarement; & si elle n'eût craint votre emportement & votre colere, elle ne se fût point hazardée, elle n'eût jamais songé à la fuite. Mais qui pourra jamais adoucir cette cruauté? Malheureux que vous êtes, vous rendez malheureux tous ceux que le sort a fixés près de vous. C'est vous seul que j'accuse. Rendez-moi ma fille, rendez-la moi, ou craignez mon égarement ou mon désespoir.

LE BARON.

Madame, je pardonne à votre douleur ces premiers mouvemens.

LA BARONNE.

Je ne vous quitte pas, Monsieur, vous m'instruirez de tout.

LE BARON.

Cessez ces vains éclats. Je ne les mérite pas;

je n'y suis point fait, & je me flatte de ne plus les entendre. (*Il sort.*)

LA BARONNE *seule.*

Il n'a pas pitié de mes larmes, le cruel! .... Ma chere fille tu as donc résolu ma mort.

SCENE II.

LA BARONNE, FRANKNER.

FRANKNER *entrant précipitamment d'un air mystérieux.*

MONSIEUR le Baron est-il sorti?

LA BARONNE *vivement.*

Oui.

FRANKNER.

Vous êtes seule?

LA BARONNE.

Eh! bien?

FRANKNER.

J'ai un secret à vous apprendre.

LA BARONNE.

Parlez.

FRANKNER.

Si l'on nous entend, je suis perdu.

LA BARONNE.

Ne craignez-rien.

FRANKNER.

Votre fille....

LA BARONNE.

Ma fille ?

FRANKNER.

N'eſt point coupable.

LA BARONNE.

Ciel !

FRANKNER.

Ne croyez pas qu'elle ait pris la fuite, comme on veut vous le perſuader.

LA BARONNE.

Je ne l'ai pas cru.

FRANKNER.

Son pere, ſon frere....

LA BARONNE.

Que m'apprenez-vous ?

FRANKNER.

Ils ont diſpoſé d'elle, Madame; tout ce qu'elle a fait, ils l'y ont forcée. Toute la nuit il a regné ici un trouble affreux. Ah! Madame, éclairciſſez le ſort d'Adélaïde; j'en frémis pour elle, pour vous, pour tout ce qui lui eſt cher. On vous trompe : n'écoutez que votre tendreſſe, faites parler

parler les droits de mere, d'épouſe ; ne vous en laiſſez pas impoſer par le ton fier du Baron. Priez-le, preſſez-le ; ayez autant de fermeté qu'il a de hauteur. Interrogez le Chevalier, employez auprès de lui toute votre autorité, toute votre douceur. N'en doutez pas, Madame, il s'eſt formé contre Adélaïde quelque complot ſiniſtre. Son pere, ſon frere ont conjuré ſa perte. Si vous vous taiſez, vous n'avez plus de fille, éclairciſſez tout ce myſtere.

LA BARONNE.

Si je l'éclaircirai.

FRANKNER.

Que ne puis-je adoucir vos peines & partager les dangers de votre fille ; mais j'ai tout à craindre ici. Je vous parle peut-être pour la derniere fois. J'aurai du moins éclairé une mere tendre, je compte ſur ſa vigilance, ſur ſes ſoins ; de grace ! Madame, demandez votre fille ; qui ſait ce quelle eſt devenue ? j'ai là-deſſus des ſoupçons.... Le Chevalier & le Baron ſont cruels ;... les plus affreux préjugés les inſpirent.... Adélaïde !.... Que n'auront-ils pas entrepris. Ah ! Madame, ils ſont capables de tout.

LA BARONNE.

Vous vous oubliez Dumont ; le Baron eſt rigoureux, j'en conviens, mais enfin il eſt pere.

FRANKNER.

S'il étoit pere, s'opposeroit-il au bonheur de ses enfans? dédaigneroit-il l'alliance d'un honnête homme, qui peut le combler de biens, lui assurer un appui inébranlable?

LA BRONNE.

Vous m'étonnez, qui peut en un jour vous avoir si bien instruit?

FRANKNER *regardant de tous côtés.*

Ah! Madame, suivez mes avis.... Frankner ne veut que votre bonheur.

LA BARONNE.

Vous, Frankner?

FRANKNER.

Pouvez-vous me méconnoître aux transports que je sens? Oui je suis l'époux d'Adélaïde; je suis votre fils; je meurs à vos genoux. (*Se relevant tout de suite.*) Que dis-je! Laissons les gémissemens & les plaintes, songeons à nos devoirs. Votre fille nous appelle du sein de la douleur, de la mort peut-être.

LA BARONNE.

Frankner, ne crains rien, point de reproches; unissons-nous, je te pardonne, j'oublie tout, j'accepte tes secours; qu'Adélaïde vive, quelle vive pour toi, & je suis heureuse.

FRANKNER.

Vous ſeconderez mes projets?

LA BARONNE.

Tu peux tout entreprendre, je t'avoue pour mon libérateur, pour mon fils; je vais retrouver le Baron, parler au Chevalier; ils me rendront ma fille, ou les cruels m'arracheront le jour que je reſpire.

SCENE III.

FRANKNER *ſeul.*

ADÉLAÏDE! Malheureuſe Adélaïde! Quel lieu te cache à mon amour? Pere barbare! Qu'as-tu fait de ta fille? .... Mais j'ai éclairé toutes leurs démarches, je ne les ai pas perdus de vue un ſeul inſtant. Elle n'eſt point ſortie de ces lieux... Adélaïde n'eſt-elle plus?.... Eſt-elle déja deſcendue dans le ſéjour des morts.... mais, Dieux! Quel ſoupçon s'éleve tout-à-coup dans mon cœur.... Dupuis m'a dit qu'il avoit entendu deſcendre.... Se pourroit-il? Quelle horrible vengeance! .... Elle eſt digne de ces cœurs féroces... Il faut que ce doute ſoit éclairci.... allons, dût il m'en coûter la vie, ſuivons un projet que l'amour peut-être m'inſpire.

SCENE IV.

LE BARON, FRANKNER.

LE BARON, *à part.*

DIEUX! L'effroi, la terreur me poursuivent sans cesse. Si par hazard Frankner lui-même, en cherchant ma fille, se laissoit voir autour du château.... si l'on découvroit qu'Adélaïde n'a point pris la fuite avec lui. (*A Frankner.*) Dumont écoute.... Dumont n'as-tu rien vu ?

FRANKNER.

Monsieur...

LE BARON.

Approche... Si par hazard autour du château... Si un étranger....

FRANKNER.

Eh bien ?....

LE BARON.

S'il paroissoit un étranger....

FRANKNER.

Monsieur ? est-il vrai que Frankner vous ravit?...

LE BARON.

Que parles-tu de Frankner ? Connois-tu ce perfide ?...

FRANKNER.

Si je le connois !

LE BARON.

Le traître !... Si par hazard...

FRANKNER.

Eh bien ?

LE BARON.

Si jamais il s'offre à ta vue.. il faut... Vas, Dumont, obſerve, examine tout, & avertis-moi du moindre événement.

SCENE V.

LE BARON, LE CHEVALIER.

LE CHEVALIER.

TOUT eſt calme, tout eſt tranquille.

LE BARON.

Mon fils, ton cœur l'eſt-il?

LE CHEVALIER.

Mon pere !

LE BARON.

Peux-tu penſer ſans frémir au ſort d'Adélaïde ?

LE CHEVALIER.

Pouvez-vous penſer ſans frémir au crime qu'elle a commis ?

LE BARON.

J'entends du bruit.

LE CHEVALIER.

Non, rien n'approche.

LE BARON.

Chevalier, as-tu bien parcouru les avenues du château? N'as-tu rien vu?

LE CHEVALIER.

Non, mon pere.

LE BARON.

Si Frankner....

LE CHEVALIER.

Que ne s'est-il offert à mes yeux! Si son destin le livroit à ma vengeance!

LE BARON.

Que ne puis-je venger sur lui ma honte... Mes remords.

LE CHEVALIER.

Si ma mere soupçonne jamais.

LE BARON.

Que vas-tu me parler de ta mere?

LE CHEVALIER.

Il est vrai, pardonnez...

LE BARON.

Mon fils, laisse-moi.

LE CHEVALIER.

Raſſurez-vous, mon pere.

LE BARON.

Que je me raſſure! Chevalier, ſors.... Les complices d'un forfait... Sors, te dis-je, je crains qu'on ne nous ſurprenne enſemble; tout redouble ma terreur... Ton aſpect même m'épouvante.... Laiſſe-moi, je te le répete, laiſſe-moi.

SCENE VI.

LE BARON, FRANKNER.

LE BARON *à part.*

QUEL ſacrifice j'ai fait à mon honneur! il eſt terrible; étoit-il néceſſaire? (*A Frankner qui paroît.*) Dumont, quel trouble!... Qu'as-tu?

FRANKNER.

Vous êtes vengé.

LE BARON.

Qu'entends-je!

FRANKNER.

Frankner n'eſt plus.

LE BARON.

Frankner! Qu'as tu dit?

FRANKNER.

Il étoit en ces lieux même ; j'ignore à quel dessein ; je l'ai surpris en vous quittant.

LE BARON.

Et comment as-tu pu ?...

FRANKNER.

Perfide ! lui ai-je dit, tu oses pénétrer dans ces lieux ? Ton audace te sera funeste ; tu vas périr... Et je l'ai immolé à votre honneur, peut-être à votre sûreté.

LE BARON.

O mon ami !

FRANKNER.

J'ai tout osé pour vous : c'est à vous à veiller sur mes jours. Nul n'a été témoin de sa mort.... Il faudroit le soustraire à tous les yeux.... Quels lieux assez secrets ?....

LE BARON.

Crois-tu que je néglige le soin de ta vie quand tu viens de sauver la mienne.

FRANKNER.

Mais si vous tardés un moment, je serai découvert peut-être, & je suis perdu.

LE BARON.

Eh bien, que veux-tu que je fasse ? ordonne.

FRANKNER.

Ne pourroit-on pas l'enſevelir ſecrétement ?

LE BARON.

Quelle idée ! (*A part.*) Oui.... Ç'en eſt fait ; m'y voilà déterminé ; que le perfide amant d'Adélaïde lui ſoit rendu dans la tombe.... (*Haut.*) Dumont ! qu'il ſoit renfermé dans un cercueil : Je t'en remets le ſoin ; & tandis que tu veilleras dans le château, crainte de ſurpriſe, mon fils & moi, nous le deſcendrons dans le tombeau de nos ancêtres.

FRANKNER.

Vous ſentez combien la diligence eſt neceſſaire.

LE BARON.

Vas, repoſe-toi ſur mes ſoins & ſur ceux de mon fils.

SCENE VII.

FRANKNER, JÉROME.

FRANKNER.

TOUT ſuccede à mes vœux. Pourſuivons juſqu'au bout...& qu'ai-je à ménager? N'ai-je pas tout perdu, ſi l'on m'enleve Adélaïde?.... Jérôme!... Jérôme!.....Mon ſtratagême a réuſſi juſqu'à préſent; ſonge à me ſeconder; & lorſque tout ſera accompli; vas joindre tes efforts à ceux de la Baronne: c'eſt tout ce que j'attends de toi. Dieux! faites moi trouver la mort ou Adélaïde.

Fin du quatrieme Acte.

ACTE V.

SCENE PREMIERE.

Le Théatre repréſente un caveau, où ſont rangés par ordre les cercueils des ayeux du Baron, ornés d'armes & de chiffres : une lampe ſépulchrale l'éclaire.

ADÉLAIDE *pâle, échevelée.*

Je vis encore, & me voilà deſcendue dans le ſéjour des morts..... Ç'en eſt fait, plus d'eſpoir... O mon pere ! je connoiſſois votre rigueur, mais vous aurois-je ſoupçonné tant de férocité ? Si j'étois coupable, il falloit me punir, & la mort... mais la douleur, la rage, le déſeſpoir, toute l'horreur qui m'environne, ç'en eſt trop... Les plus vils des hommes, les plus criminels ſont bien moins à plaindre, ils reçoivent la mort qu'ils ont méritée ; mais quelques inſtans ſuffiſent pour en ordonner les apprêts ; leurs derniers ſoupirs s'échappent dans le ſein d'un conſolateur, & leurs Juges ne ſont pas leurs peres... Des cendres, des ombres, des cercueils, voilà donc tout ce qui me reſte ?

Ah ! ces objets lugubres, loin de m'épouvanter, vont raffermir mon courage.... Ma mere ! ma tendre mere ! Par quels discours spécieux déguisera-t-on à vos yeux le sort de votre fille? Mais on ne trompera point votre tendresse.... Je vois vos larmes, j'entends vos cris douloureux.... Frankner tu te joins à elle...O mon pere ! soyez touché de ce spectacle, devenez sensible une fois, venez m'arracher du tombeau.... Insensée ! me resteroit-il quelque espoir ? Pourquoi voudrois-je être rendue à la lumiere? Quel est mon partage?...La honte, l'infamie... ah! tout ce que je souffre est peut-être moins affreux....Ç'en est fait.... la mort approche, je la sens.... déja mes sens s'affoiblissent.... (*Ses genoux plient sous elle, & elle tombe par terre*)... Je succombe sous le poids de mes maux.... Eh bien, je vais attendre ici l'instant fatal...Que dis-je ? l'instant heureux. Le terme de ma vie sera celui de mes malheurs. O ciel ! hâte le coup....Mais il est encore loin peut-être ; la faim, la terreur, tout va se réunir sur ma tête....Quelles armes puis-je leur opofer ? La patience ? le désespoir. Quoi ! je verrai la mort s'avancer à pas lents, me frapper par degrés, la moitié de moi-même verra périr l'autre?.... Mais que vois-je? (*Elle se leve avec vivacité, & va prendre un poignard qu'elle apperçoit sur un cercueil*). Je respire. Cet objet a ranimé toutes les forces de mon ame. Mânes de mes ayeux! faites paſſer dans mon ame cette fermeté qui fit votre gloire.... Il eſt temps.... l'heure ſonne.... Pere barbare ! à quoi me réduis-tu?... J'entends du bruit, quelqu'un vient.

SCENE II.

LE BARON, LE CHEVALIER, ADÉLAIDE.

(Le Chevalier & le Baron deſcendent eux-mêmes un cercueil avec myſtere.)

LE CHEVALIER.

UNISSONS nos deux victimes.

ADÉLAÏDE.

Ciel! Que vois-je? Mon pere! mon frere! Ai-je encore de nouveaux tourmens à ſouffrir?

LE BARON.

Malheureuſe!

LE CHEVALIER.

Vois, regarde; ton indigne amour, nous coûte un nouveau forfait.

ADÉLAÏDE.

Un cercueil! Dieux! quelle horreur me ſaiſit!

... A peine je respire... Un nouveau forfait ! Barbares ! quelle est donc la victime ?...

LE BARON *troublé.*

Sortons, mon fils.

LE CHEVALIER *troublé.*

Sortons. Où allez-vous ?... Quel trouble ?...

LE BARON.

Allons ; je te suis.

ADÉLAÏDE.

Vous me quittez, mon pere, vous m'abandonnez..... Mais parlez, quelle est la malheureuse victime ?...

LE BARON.

Vous l'apprendrez, ma fille.

LE CHEVALIER.

Tu l'adoras vivant, tu peux l'embrasser dans la tombe.

ADÉLAIDE.

Ciel ! (*Elle se laisse tomber à ces mots sur les marches d'un tombeau.*

LE BARON.

Mon fils, soutiens-moi ; sortons.

(*Ils sortent appuyés l'un sur l'autre en chancelant.*)

SCENE III.

ADÉLAIDE, FRANKNER.

ADÉLAÏDE.

Je me meurs, ... je touche à mon dernier moment,.. Frankner ! ô mon époux !

FRANKNER *s'élançant du cercueil.*

Il vit, il respire, il est dans tes bras.

ADÉLAÏDE.

Un moment Frankner, ... soutiens-moi.... La douleur... la joie... Est-ce toi ?

FRANKNER.

Oui, c'est Frankner ; je viens t'arracher au tombeau, ou m'y endormir avec toi.

ADÉLAÏDE.

Ciel ! en quel lieu le sort nous réunit !

FRANKNER.

Bientôt, bientôt peut-être la clarté nous sera rendue... J'ai soupçonné le barbare projet de l'auteur de tes jours. J'ai tout hazardé pour m'en éclaircir... Jérôme doit seconder ta mere, que j'ai instruite de ce que j'entreprends. Elle nous aime ;

elle va faire ouvrir le tombeau qui nous renferme. Le barbare qui fut ton pere, sera peut-être touché de tant d'amour. Mais s'il persistoit dans sa vengeance, donne-moi ta main, Adélaïde, je te jure,... & je prends à témoin les mânes de tes ayeux... Je te jure que rien ne peut désormais t'arracher des bras de ton époux.

ADÉLAÏDE.

Dieux! quel bruit!

FRANKNER.

Tout est découvert sans doute... Ta mere... c'est elle-même.

SCENE IV.

LA BARONNE, ADÉLAIDE, FRANKNER.

ADÉLAÏDE *se jettant dans les bras de la Baronne.*

MA mere!

LA BARONNE.

O ma fille! je te retrouve enfin. Ton pere me fuit. Le barbare ne me ravira plus mon Adélaïde. Je ne te quitte pas?... Que ne vous dois-je pas!... Frankner,.... mon fils!

SCENE V.

SCENE V.

LES MÊMES, LE BARON.

LE BARON.

QUEL eſt le téméraire qui oſe me braver ainſi?

FRANKNER *ſe préſentant.*

Le voilà.

LE BARON.

Vous!

FRANKNER.

Frankner.

LE BARON.

Inſolent!... ſortez; ou la mort!

FRANKNER.

Je ne ſortirai qu'avec Adélaïde.

ADÉLAÏDE *dans les bras de la Baronne.*

O ma mere! quel terrible moment!

LE BARON.

Vous oſeriez?....

FRANKNER.

Oui, j'oſe tout... Quoi, ce cœur eſt donc incapable de remords!... l'aſpect de ce lieu terrible, une mere en pleurs, une fille expirante, rien ne le touche... Barbare! je pourrois implorer contre vous le glaive des loix; je vous verrois bientôt accablé sous le poids de votre crime, expirer dans les supplices, & servir d'exemple à l'univers; mais ce pere est celui d'Adélaïde, & ce titre me le rend encore cher. Qu'il fasse le bonheur de sa fille, de son épouse, le sien; qu'il jette un regard de pitié sur un époux tendre & vertueux qui tombe à ses genoux, les arrose de ses larmes... Ah! Monsieur, soyez touché des malheurs de votre famille. J'adore votre fille, je ne veux être pour vous qu'un fils tendre & respectueux...

LES MÊMES, JÉROME.

JÉRÔME *empressé.*

Ah! Monsieur.....

LE BARON.

Que voulez-vous, Jérôme?

JÉRÔME.

La cour est remplie de chevaux & d'Huissiers: on fouille par-tout, on saisit tout. Monsieur le Chevalier a voulu s'opposer à leurs entreprises;

& dans son premier mouvement il alloit leur faire violence ; on le désarme, on l'enferme, on le garde à vue ; une affreuse prison va être son partage... Ah Monsieur !... ah Madame !

LE BARON.

J'y cours.

JÉRÔME *le retenant.*

Gardez-vous de vous présenter, ils sont en grand nombre ; ils vous cherchent, pour vous arrêter vous-même.

LE BARON.

Tout est perdu.

LA BARONNE.

Nous allons voir.

ADÉLAÏDE *courant à sa mere.*

Ma mere ! Frankner ! vous me quittez ?

FRANKNER.

Demeurez, Madame, jusqu'à mon retour ; si vous sortez, qu'Adélaïde vous suive.

LA BARONNE.

Cela suffit, ne crains rien.

FRANKNER.

Je compte sur votre fermeté, & vais mettre ordre à tout.

SCENE VII.

LE BARON, LA BARONNE, ADÉLAIDE, JÉROME.

LA BARONNE.

Eh bien, Monſieur, voici l'inſtant de la deſtruction entiere de notre famille, de notre maiſon. Ce lieu funebre que vous deſtiniez à votre fille, va peut-être devenir votre aſyle. Vous allez être contraint de vous y cacher, pour vous dérober au malheur qui vous menace. Croyez-moi, l'alliance de Frankner peut remédier à tous nos maux.

LE BARON.

J'accepterois des ſecours d'un homme!... Ah! Madame, ne me faites pas rougir.

LA BARONNE.

Rougiſſez de la ruine de vos affaires, rougiſſez du tort que vous faites à des ames honnêtes, rougiſſez du crime commis ſur Adélaïde. Vous avez bien accepté des ſecours de Jérôme, d'un ſimple domeſtique, & vous ne voudriez pas de ceux d'un honnête homme, qui vous vaut bien peut-être. Eh bien, Monſieur, ſortez d'erreur,

Jérôme n'a rien fait pour vous; c'eſt Frankner qui vous a déja tiré d'un embarras, & qui, loin d'accabler votre orgueil ſous le poids de ſon bienfait, a eu la délicateſſe d'emprunter une main étrangere.

LE BARON.

Lui! eſt-il bien vrai Jérôme?

LA BARONNE.

Le premier pas eſt fait. Voyez derriere vous un précipice horrible; ne reculez pas. Revenez de ces préjugés injuſtes. Ceſſez de faire votre malheur & le nôtre.

LE BARON *après avoir rêvé un inſtant.*

Vous ſerez ſatisfaite. Envoyez Jérôme ſavoir ce qui ſe paſſe.

LA BARONNE.

Allez Jérôme, allez voir, & revenez nous rendre compte au plutôt. (*Jérôme ſort.*)

LE BARON *après un long ſilence.*

Ma femme, ma fille,... êtes-vous dignes de moi?

LA BARONNE.

Devenez vous-même digne de nous par votre retour aux ſentimens de la nature & de l'amitié.

LE BARON.

Eh! bien.... Adélaïde, embraſſez-moi, je vous pardonne.

ADÉLAÏDE.

Mon pere.

LA BARONNE.

Ah! Baron!

LE BARON.

Je vous rends toute ma tendresse; vous me serez chers l'un & l'autre jusqu'à mon dernier soupir; mais je vous le répete, montrez-vous dignes de moi. (*Il va fermer la porte à clef.*) Ma fille! ma femme! Notre état est sans ressource: aucun événement ne peut nous rendre au bonheur & à la tranquillité: ma ruine est publique, notre honte est certaine, un sort affreux nous attend, si nous vivons... (*Il leur montre un poignard.*) Vous m'entendez.

LA BARONNE.

Cruel! cela manquoit à votre fureur. Adélaïde! embrassez les genoux de votre pere.

LE BARON.

Ma femme! ma fille! ne m'attendrissez pas... J'entends du bruit, ciel! on frappe à la porte, on vient me saisir peut-être, laissez un malheureux, sortez & fermez sur moi les portes du tombeau.

LA BARONNE.

Prenez la clef ma fille, allez ouvrir, courez,

volez). *La Baronne se jette sur le poignard, & empêche par ses efforts le Baron d'attenter à ses jours.*) Baron!

LE BARON.

Laissez-moi, laissez-moi.

SCENE VIII.

LE BARON, LA BARONNE, ADÉLAIDE, JÉROME.

JÉRÔME.

AH! mon cher maître, mon cher maître, réjouissez-vous.

ADÉLAÏDE *avec impatience.*

Hâtez-vous de parler, Frankner?...

JÉRÔME.

Il est votre bienfaiteur. Vos châteaux, vos terres sont libres, tous vos créanciers sont contens, vous ne devez plus rien.

LE BARON.

Frankner!

ADÉLAÏDE *avec transport.*

Eh! bien, mon pere?

JÉRÔME.

Il a brisé les fers de M. le Chevalier, votre fils est libre, il va paroître.

LE BARON.

Que de bienfaits!

LA BARONNE.

Monsieur le Baron, voudriez vous encore être ingrat?

LE BARON *après avoir témoigné la violence qu'il se fait.*

Non, Madame.

SCENE IX ET DERNIERE.

LE BARON, LA BARONNE, ADÉLAIDE, LE CHEVALIER, FRANKNER, JÉROME.

(*Le Chevalier entre comme un désespéré, Frankner le suit avec courage.*)

FRANKNER.

VOUS avez beau me fuir, vous n'échapperez pas à mes bienfaits, je veux vous en accabler.

LE CHEVALIER.

Je suis déchiré: sa générosité redouble ma honte, & mon supplice. Se peut-il?... C'est à lui, c'eſt à Frankner que je dois notre fortune, & ma liberté. Je ne puis réſiſter à cette ſituation. (*A Frankner.*) Cruel! mets le comble à tes bienfaits & m'arrache la vie. (*Il porte la main à ſon épée*).

Enſemble.

FRANKNER.

O Ciel!

LA BARONNE.

Mon fils!

LE BARON.

Chevalier!

ADÉLAÏDE.

Mon frere!

LA BARONNE.

Ç'en eſt trop. Peut-on porter à ce point la barbarie & l'ingratitude. Quoi? Monſieur, vous tournez vos armes contre Frankner! Songez à l'état dont il nous a tirés; ſongez que c'eſt par lui que nous pouvons reparoître avec éclat, ſongez que ſans lui une affreuſe priſon alloit devenir votre partage & celui de votre pere, ſongez......

LE CHEVALIER.

Arrêtez, Madame; c'eſt-là ce qui me déchire. Le tableau de ſes bienfaits accroît mon déſeſpoir & met le comble à ma rage.... Ç'en eſt fait, il faut...Non ſans doute, je ne veux pas me baigner du sang de notre bienfaiteur; mais qu'il m'arrache le jour, & je suis content.

FRANKNER.

Moi! vous arracher le jour! ah! je vous offre ma vie.

LE CHEVALIER.

Laissez-moi.....

LA BARONNE *remettant un papier au Chevalier.*

Tenez, mon fils.

LE CHEVALIER *après y avoir jetté les yeux.*

Le Brevet d'un régiment!

LA BARONNE.

C'est un présent de Frankner.

LE CHEVALIER.

De lui! je suis confondu.

LE BARON.

Tu viens de lire notre arrêt.

ADÉLAÏDE.

Il s'attendrit.... mon frere!

LA BARONNE.

Sa générosité doit faire oublier sa naissance; elle l'éleve jusqu'à nous.

LE BARON.

Nous lui devons tout; allons mon fils, il faut nous acquitter.

FRANKNER.

Si ma vie eſt un fardeau pour vous, vous pouvez me l'ôter, je vous l'abandonne. Mais Adélaïde qui n'a commis d'autre crime que de m'aimer, ſera-t'elle l'objet de votre vengeance ? Ah ! Monſieur, je veux obtenir ſa grace ou mourir à vos genoux.

LE BARON.

Mon fils, du courage, je vous le répete, il faut nous acquitter.

LE CHEVALIER.

Mon pere !

LE BARON.

Je le veux, je l'ordonne ; ou plutôt, mon fils, ne conſulte que ton devoir. Vois ce que Frankner a fait pour nous ; vois ce que ta ſœur a ſouffert en ces lieux. Si tu es homme, ſi tu as un cœur, tu leur pardonneras. J'aurois dû peut-être en recevoir l'exemple de toi, mais je veux te le donner ; & ſi tu m'aimes....

LE CHEVALIER.

Mon pere, vous le voulez....

LA BARONNE.

Et la ſœur de Frankner ?

LE CHEVALIER.

Diſpoſez de ma main.... de ma vie.... Je me ſoumets à tout.

LE BARON *à Frankner.*

Mon ami ! mon libérateur !

LA BARONNE.

N'avez-vous pas d'autre titre à lui donner?

LE BARON.

Qu'il parle.

FRANKNER.

Celui de votre fils.

LE BARON.

Je te le donne.

(*Le Chevalier releve sa sœur, va prendre la main de Frankner, les conduit à son pere & lui dit avec un air combattu & déchiré.*)

LE CHEVALIER.

Eh bien! unissez-les mon pere.

LE BARON.

Oui, je les unis; je fais plus, je les aime.

LA BARONNE.

Chevalier, aimez-les aussi; que tout soit oublié. (*Ils s'embrassent.*)

LE BARON.

Grace, grace, mes enfans!

FRANKNER.

Embrassons tous ses genoux. (*Ils s'y jettent.*)

LA BARONNE.

Quel spectacle!

(*Les trois enfans sont à genoux; le Baron & la*

Baronne étendent ſur eux leurs mains paternelles.)

LE BARON.

Mes enfans ! mes chers enfans ! J'ai horreur des violences que des préjugés injuſtes & barbares m'ont fait commettre ; je les veux réparer, & vous faire tout oublier par mes ſoins & l'excès de ma tendreſſe. (*Ils levent.*)

Sortons de ce lieu; faſſe le ciel que je ſois le premier à y deſcendre, & puiſſiez-vous ne m'y ſuivre de long-temps.

FIN.

www.ingramcontent.com/pod-product-compliance
Ingram Content Group UK Ltd.
Pitfield, Milton Keynes, MK11 3LW, UK
UKHW021226230726
13926UKWH00003B/1274

9 782014 019186